江口　皐月

ねむの花

もくじ

一〇代の頃

一九二四(大正一三)年生まれの私は、昭和二〇年の敗戦の時、ちょうど二〇歳で昭和とともに歩んできました。

敗戦の詔勅(天皇の敗戦宣言)は軍需工場で聞きましたが、女性であるため戦場にいた軍人さんのようなショックも少なく、自分のことだけを深く考えていました。

それまでの私は、祖国日本が大変な事態に向かっていることをさほど心配していなかったように思います。恥ずかしいことだったかもしれません。

昭和一九年の春のある日、幼な友だちの男の子が私の家に飛び込んで来ました。

「死刑の宣告だよ」と、召集令状をちらつかせていました。

「まさか、死ぬことはないよ、がんばって」

そう言ったまま、うなだれてしまいました。

当時、大本営（日本軍の本部）は「勝った、勝った」と叫んでいましたから、戦況のリアルな面は何も知らされていませんでした。しかし、今に思えばもっと社会の実情をよく見て考えるべきでした。

一五歳以上の男子は軍需工場に動員され、女性も働くことを強制されていました。私の場合、やや形だけの労働だったように思えます。特に女性には早く結婚して子どもを多く産めとも言われていました。

のどかな農村だったので、非常時のことをあまり考えないことにしていたようです。無知だったとしか思えません。

切なく、わびしい一〇代でした。

しおれた　ひまわり
——高等女学校の群像

一九四〇（昭和一五）年、昭和をまるごと生きた人には忘れられない歌があります。

♭　金鵄輝く日本の栄ある光　身につけて
　　今こそ祝え　皇国の紀元は二千六百年

勇ましいメロディーに日本中がにぎにぎしく、ちょうちん行列や日の丸の旗を振っていました。日中戦争が停滞し、大東亜戦争をおこす前ぶれでした。軍国主義のたくみな操作でした。

私はその年、県立小城《おぎ》高女の四年生、最高学年で国策をまともに吹き込まれ緊張していました。とくに校長はナチズムにかたむき、女学校であるのに陸軍中尉が横隊行進を指揮したのでした。他の教職員は自由自尊の感じで、学生は青春を味わっていました。

私の一番好きな教師は西織という美術の先生でした。私は美術があまり得意ではなかったけれど、美術大学出身の先生はおしゃべりで、すべて雑然としていて自由な雰囲気がありました。

私たちは喜んで掃除当番などを楽しくやりました。また西織先生は、その頃、豊田正子の綴り方教室の本を読んでくれたりしました。当時、「貧乏綴り方」と言われた本の代表格です。西織先生は早口のため、つばを口いっぱいためて読んでくれました。

私は最前列で夢中に聞きいっていました。隣席には守護神のようにいつも私についてくる芳子さんがいました。涙をいっぱいためて聞いていました。学校の隣りにはケヤキの大木が葉を広げ、空は高く晴れわたっていました。

二学期のはじめ初秋です。ケイトウの花がゆれ、黒いアゲハ蝶が飛び交っていました。全校の大掃除がはじまり、私は芳子さんたちと美術室にはいりました。その時、突然、ナチズムの校長が校内巡視をはじめていました。校長はツカツカと美術室にはいって来て、西織先生の机の大きな花瓶にあったひまわりの花束を指して、「見苦しい花だ、さっさと捨てなさい」と命令しました。文句も言えない強い言葉。芳子さんと私は仕方なくゴミ箱にそっと捨てました。西織先生が職員室からもどって来ました。

「ひまわりはどうしたの？」

「校長先生が捨てろとおっしゃったので捨てました。少し、しおれていたのもあったので……」

「えっ、断りものなしに人の教室にはいって花を捨てさせたの」

西織先生の顔色が変わり、ブルブル震えていました。

私と芳子さんはまた驚き、芳子さんは黒と赤のまだら模様の風呂敷をひらひらさせながら、ゴミ捨て場に走って行きました。

あった、水びたしになっていたけれど束になって残っていました。二人で、ていねいに泥をぬぐい、風呂敷に包んでゆっくり美術室に戻りました。

「先生、ひまわりはビンごと窓のそばのカーテンに隠して、見つからないようにね」

　西織先生は、

「拾ってきてくれて、ありがとう。えらいよ、生命あるものはこうして生き返るのよ。少し、しおれていても風情があるね」

　私たちの大好きな先生のやさしい顔が見れて、拾ってきてよかったと思いました。

　でも、内心、私は芳子さんの行動に見とれていました。気持は同じでも、芳子さんは一歩先を歩いていたように感じたのです。

　私たちは少し良いことをしたような気持で校門を出て帰路につきました。ひまわりにこだわったのは西織先生が芸術家だからかもしれないと話す私たちでした。

　正月が過ぎて三月に、私たちは県立小城高等女学校を卒業しました。ひまわりのことなどすっかり忘れ、私は自分の村へ、芳子さんは好きな陸軍少尉のあとを追って満州吉林省へ旅立って行きました。

時代は急速に戦争へ進んでいきました。美術家の西織先生は遠い故郷の学校に転勤され、音信不通になってしまいました。

やがて私は二〇代のおわりに結婚し、東京に住みます。そして、五〇代のある日、絵の展覧会に行きました。西洋風の絵を見ていると、ふと寂しい気持になりながらも見入ってしまいました。ひまわりの乱れ咲く絵なのです。

「ああ、あの、ひまわりの花束に似ている。西織先生がブルブル震えて、ひまわりを拾った私たちをほめてくれた花……」

ゴッホの絵でした。先生はなにもかもわかっていたのでしょう。無知な私たちが知らなかったのです。胸が痛みました。

ゴッホの絵のポスターを買って居間に飾りました。あの思い出がよみがえるようでした。故郷にいる芳子さんに会って話そう、感情豊かな芳子さんはきっと大粒の涙を流して喜ぶだろう。

私は、知人に電話しました。

「三村芳子さん？　そうそう去年の夏頃、亡くなりましたよ」

えっ、少しごぶさたしていたけれども。

よく話を聞くと自死してしまったらしい。なんということでしょう。芳子さんは行動力の早い人だったけれど、なにがあったのだろう。親友として長いつきあいだったのに、さっさと逝ってしまうなんて。

夏休み、私は故郷の村に帰って芳子さんの家近くに行ってみました。芳子さんは大理石のお墓に葬られていました。墓地には秋桜《コスモス》が風に揺れていました。なんの力添えもできなくて許してね、と言っても返事はありません。

居間のゴッホのひまわりは、私の気持をわかってくれるだろうか？

思いは神田神保町

二月三日は立春の日。

恒例の恵方巻の宣伝が新聞に出て、ふと3面に「神保町――映画と本と喫茶店」の大見出しがありました。「ああ、神保町」の文字に胸をくすぐるものがありました。

私もあの時代にいたのです。今、九八歳にもなった私がいたなんて？　と思われるでしょうが、たしかに、かつて神保町に関係していたのです。

当時、私は三一歳、一人のかわいい女の子の母親でした。夫は江口季好《すえよし》、若い教師でした。私は恋愛して二人で大田区池上に世帯を持ち、勤勉な夫は教師の仕事と、ある作文の会の常任理事になって、こつこつと自分の志望に向かっていそしんでいました。私も憧れていた都会での希望の道に満たされていました。これ以上の幸せはないと感じていました。

夫は時どき、独りごとのように、「教育の雑誌ばかり読んでいても作家になれないよ」と言っていました。作家はもっと冷厳で、円満に暮らしていてはなれないと言うのです。私が心の片隅に身にそぐわない野望を持っているのではと、夫は感じていたのでしょうか。私はそれでも幸せにひたっていました。

ある日、私は御茶ノ水駅近くあった神田神保町の、主婦の友社に向かっていました。同社が募集していた主婦向けの小文を書いて出そうと思っていたのです。もし､これが入選したらと思ったのです。夫には知らせないで、正直に若い主婦の思いを書いたのです。

主婦の友社は喜んで受け取ってくれました。小さな女の子を背中におぶっている私を、少し好奇な目で見ていたのかもしれません。私は女の子に赤いワンピースを着せ、まっ白な長靴下をはかせ、これ以上できないくらい、かわいく飾っていました。

原稿も渡したし、さてと、御茶ノ水駅近くにあった喫茶店・コロンバンに入りました。おんもに出るのをなによりも喜んでいた私の女の子は、なぜか、その日は不機嫌でした。

「ゆりちゃん、どうしたの？」

おでこに唇を当ててみると熱いのです。

「ああ、ゆりちゃん、ごめんね、お熱があるのに連れ出して」

アイスクリームを無理やり食べさせて、おんぶして帰りの電車に乗りました。幸せな思いが一転して、心配性の主婦になっていました。

一〇日ほど後のこと、なんと私の原稿が入選してしまったのです。私はうれしくて、夫に、

「小文が入選したらしいの。でも、恥ずかしいからあなたには見せないわ」

夫は、「そう、よかったね」と言いましたが、かねてから文章に

ついて確固とした信念を持ち、論文なども発表しはじめていた夫は、それ以上何も言いません。

ほんとうに、それだけのことでした。その小文を隠しているうち、どこかに紛れて私自身、読み返すことはありませんでした。自分でも反省し、つまらない文章だった、それ以上、発展する可能性もない文だった、もっとしっかり子育てしようと思いました。

夫はやがて著名な作文教育の指導者になりました。女の子も、その後生まれた二人目の子もすくすく育ち、それぞれ立派な職業人になりました。私は神保町がとても懐かしいだけの主婦で終わりました。

しかし、心ひそかに今一度、神保町を訪ねてみたいと思っています。おいしいコーヒーもあるでしょうか。

ああ、神田神保町。九八歳の私、誰にも言えない思い出です。

遠い昔

昭和一〇（一九三五）年の頃か。

私は北九州の山よりの村の小学四年生でした。遊びたわむれる田んぼの草地に、レンゲ、すみれ、たんぽぽ、蜜蜂が飛び、白や黄色の蝶が舞う豊かすぎる自然の中に生きていました。それを謳歌するのではなく、なぜか、空しく感じていました。

春のある日、紫色のかすりの長袖に白い衿、紺色のはかまの新しい担任の先生が着任しました。副島千鶴子先生は美しく、見とれていました。

千鶴子先生は姿以上に声がきれいで、私は夢中になりました。田舎の小学校でも講堂は赤、紫の緞帳《どんちょう》がたれさがっていて、先生がしずしずと壇上にのぼると、小さな子どもたちの拍手が鳴りやまないのでした。先生はメゾソプラノ、あたりの空気に溶けこむような歌声が響きます。

b　だれが風を見たでしょう
あなたも　わたしも見やしない
けれど木の葉が頭をたれて
風は通りすぎていく

私の空しさをよみがえらせる歌。私のほしかった文化の香り、子どもながら私は涙が出ました。担任の教師のもとで毎日、うきうきして勉強しました。そして、あっという間に一年が流れました。

翌年の三月、千鶴子先生はあまり多くを語らず、この学校を去ってしまいます。風のように、さぁーと姿を消してしまいました。呆然としている私たちを残して。

どんな理由があったのか、行方は知らされませんでした。遠い都会に行ったと人づてに聞くだけでした。

山村の古湯国民学校へ

昭和二一（一九四六）年の春。

ある日、私は思いがけない情報を知りました。

「この佐賀県では小学校の教員が七〇〇名ほど足りない。だから経験者はもちろん、これから教員を志望する人も臨時教員として受験してほしい」とありました。

合格の条件として、日本国憲法前文を暗記して簡単なメッセージを書いてほしいと。私は学生時代から暗記は得意でしたから合格しました。

私は合格証を持って地方事務所に行きました。事務所では中年の男性、所長らしき人が出てきて「貴様が石井か」と言いました。私は一瞬、冷や水を浴びたような気持で、「はい」と元気よく答えました。所長は、ただちに辞令らしき紙を持ってきました。その書類には「四月一五日までに小城《おぎ》郡古湯《ふるゆ》国民学校に出頭せよ」とありました。

所長の冷たい言葉に負けてはいられない、強く生きよう、とにかく小学校の先生になれるのだと思いながらも、足はガクガク震えていました。

あと一週間しかありません。これは大変です。私は家に帰ると、まず洋服を作りはじめました。母に協力してもらい、古い黒のサージの袴をほどき、アイロンをかけました。電力はなく木炭の火のアイロンです。

婦人雑誌のドレスを参考にして服の型紙を作りました。衿なしのスーツ、不器用な私でも、いざとなれば作れるものです。何もかも忙しくはじまった二一年でした。

私の父が明治生まれの旧友に頼み、古湯村旅館の一室を貸してもらえるよう交渉してくれました。古いリュックサックに白米一升（約一・五kg）と下着をつめ、出発の日を迎えました。

山の村、古湯村は天山という一〇〇〇m級の山の裏側にありました。バスの終点から一里（四キロ）は徒歩だと聞きました。春先の水害で残りの一里は道が荒れていたのです。

母は朝、おにぎりの他に、ひらだんごという、手のひら大の薄い団子を作ってくれました。

私はバスを降りて、よろめきながら歩き出しました。大きな岩がゴロゴロと転がっていて前方もよく見えません。ほんとうにたどり着けるのかなと不安になりながら、ひと休みと腰を下ろした時、次の岩陰からヒラヒラと大きな袖を舞わせて女の人が出て来ました。

「あなたは山の村に行くの？」

東京弁です。

「わたしねえ、※鎌倉文庫に勤めているけれど、あなたは？」

突然のことが多い日です。私は絶句して息をのみました。

「はい」

小さな声で返事をするのがやっとでした。

そうだ、団子をあげよう、と咄嗟に思いつき紙包を開けました。

「おひとつ、どうですか」

「えっ、くださるの。いま、東京は食べ物がなくて困っているの。ああ、おいしい」

鎌倉文庫の美しい人は、東京の人だとわかりました。団子を遠慮なく食べはじめました。

でも、こうしてはいられない。

「私は村の学校の先生になるため行くんです」

「まあ、すてき。先生なの、しっかりしていると思ったわ」

私は彼女より先に歩き出しました。これ以後、この女性に会ったことはありません。

なぜか、私は元気になりました。木立の先に学校らしい建物が見えました。小さな坂があって、大きな字で〈古湯国民学校〉の表札が見えます。力強く美しい文字、どこの学校にも墨字の上手な人がいるものだ、と思いながら駆け上がりました。

その時です。

白シャツと黒ズボンの若い男性が三、四人、バラバラと駆けよって来ました。

「石井さんだよね、よく着きました。早く来てください。今、大変なんです」

私は立ち止まったまま返事をするヒマもありません。

口々に叫んでいる内容から、私は異様さを感じていました。あとでわかったことですが、教科書に墨を塗っていたのです。新聞で読んでいた「帝国主義の国定教科書がなくなる」という記事のことです。今、まさにそれをやっている最中でした。アメリカ軍が実施の調査に来るらしい。

時は昭和二一年四月一四日、山の村の国民学校、校庭に遅咲きの桜がヒラヒラと散っています。暮れなづむ黄昏《たそがれ》が辺りをつつみ、炭塗りの作業も暗くて困難になります。リーダー格の男の先生が、

「もう、できないよ、間に合わない。明日、朝にはアメリカ軍が来

るんだ。残った教科書はどうしよう。えい、しかたない。裏の川に捨てよう。算術や理科は残してもいいと思う。修身、国語、音楽は捨てよう」

方針はまたたくまに決まり、男性たちは裏の川のそばに捨てはじめました。川の幅は二mもありません。急流で本流にはいればきっと流れてなくなるでしょう。

私は仕方なく成りゆきをジッと見ていました。

翌日、いよいよアメリカ軍の到来です。若い教師たちは白いシャツ、黒ズボンに身をかため、小さな蝶ネクタイを胸につけ、礼儀正しく見えるように気を配りながら校庭の土手に並んでいます。

申し合わせたことは、アメリカ軍を校舎にはいらせないことでした。背の高い校長は、黒い背広で威厳を見せるかのように直立していました。

アメリカ軍司令官はバーツという若い軍人でした。名前は早くから知っていましたが、初めて見るアメリカ人でした。

固唾《かたず》をのんで到来を待っていました。よく見ると校庭の桜の根元に児童たちがひと固まりになり、なにか震えているように見えました。

さあ、いよいよ到着です。二人乗りの黒いジープが校庭に向かう坂を難なく乗り越えて来ました。

「ヘイ」

大きな声が響きます。

バーツさんです。若い司令官が右手を高くあげて、なにか英語で叫んでいます。

〈コクミンガッコウ　ノ　ミナサン　ニホンテイコクシュギ　ヲアラタメ　ミンシュコッカ　ニ　ナッテイマスカ〉とでも言っているのでしょうか。早口でなにもわかりません。

バーツさんたちのジープは校庭をゆっくり一周し、校庭をながめ、ほんとうに校舎にはいりませんでした。そして、また大きな声で「グッバイ」と叫びました。

なにを見に来たのでしょうか？　児童たちの姿を見たら、すべてわかったとでもいうのでしょうか。クルッと行き先を変えて立ち去ってしまいました。七、八分のことだったでしょうか。

控えていました教師たちから突然、「ＯＫ、ＯＫ、グッバイ」と歓声があがりました。踊りはじめる人もいます。子どもたちも立ち上がりしゃべっているようです。

「ギブ　ミ　チョコレート」

私は気がつかなかったのですが、ジープからチョコレートがいくつか配られたようです。すべて一瞬の出来事でした。

これでアメリカ軍の視察、点検は終わりました。さわやかな気分でもありました。勝者のおごりも感じませんでした。敗戦以来、国内でアメリカ軍は日本の女性を妾にし、男は奴隷だと言う人もいたのに、なんと寛大なのでしょう。

敗戦の苦しみを覚悟していたのに、私たち日本国民は許されて日常にもどれると感じました。もちろん、敗戦の苦労はさまざま襲ってきましたが、とても自由を感じました。

これがアメリカの政策なのか、勝者で豊かな国アメリカ、私たちはほんとうの民主主義を教えられた気がしました。

次の日。

若い教師たちの興奮はまだつづいていましたが、背の高い校長は白いシャツにもどっていました。

「困ったな、校務日記を書く人がいないかな。若い人が多いからな、仕方ない、なんとかするよ」

校長室にもどって行きました。

あの情景が、校務日記にどう書かれたか。日本帝国主義の教科書は、前夜のうちに裏の急流に流れ去りました。誰もその行方を知る人はいません、もちろん私も。

四月一五日から授業がはじまり、新任の私は五年二組女子組となりました。無邪気な女の子たちは貧しい子たちでしたが、なぜか占い遊びをしていました。

「コックリさん、わたしのお父さんはいつ帰るの？」

聞き捨てならない占いです。

聞くところによれば、お父さんが戦地から帰って来ないという。父親のいない寂しい子たち。その中に利発でやさしい、りょう子という女の子がいました。私は、その子を中心にさまざま工夫して元気が出ることをやりました。

戦地のことよりもと、ヨーロッパの古城に伝わる「ローレライのうた」をうたったりしました。夢をさそう歌です。そして、りょう子の器用さがわかると、ローレライ古城をボール紙で作らせてみました。

発案は見事に成功し、県の工作展に入賞したのです。私はりょう子を連れて佐賀市の会場に行き、賞金をりょう子に渡し、二人でごちそうをいっぱい食べました。当時、古湯村は食糧が乏しく、ひもじい子どもが多かったのです。

私も下宿していましたが、お粥ばかりで胸のふくらみはなく、ウエストは細くなるばかりでした。卵も少なかったのは鶏を飼育する餌さえなかったようです。

昭和二一、二二年は日本中が飢えに苦しんでいる時代でした。

昭和二一年の秋、新教育がはじまり、薄い紙の教科書が出版され新しい歌もできました。

♭　お花をかざる　みんないい子

なかよしこよし　みんないい子

学校では上席の女性教師Y先生が、ひときわ美しい声でオルガンの弾き語りをしていました。アメリカ進駐軍に対し「ＯＫ、ＯＫ」と叫んでいた男性教師たちは、休み時間になると木琴をエレキギターのように抱え、笠置シヅ子の『東京ブギウギ』という歌をうたっていました。『東京ブギウギ』を知らない私は、校務日記を書いていました。

私が古湯国民学校に勤めていた頃、ある夜、チリンチリンと号外の音が響き、「共産党です。明日の夜、講演会に来てください」と、青年からガリ版刷りの小さなビラを渡されました。私は、まったくの好奇心から会場に行ってみました。その青年は、

「共産党は、命がけで人民を守ります」

と叫んでいました。初めて聞く話でしだ。

その翌日、学校の同僚の一人でフカちゃんという青年が、私の後から私の頭を小さくたたいて、小さな声で、

「昨夜の話、少しわかったかな」

と言いました。私は、「失礼ね」と逃げました。フカちゃんは、細身の人で、正義感の強い人でした。私は、三学期を終えるとすぐ多久《たく》の学校に転勤しました。

幾年か経て、私はフカちゃんが、吹雪の中で凍死したことを知りました。北の山の小学校で、雪の降る日、児童を山の家に送った帰り道、児童の家で勧められたドブロクをコップ一杯呑み、酔ってし

まい道端でそのまま眠りこんだらしいのです。佐賀県でも、玄界灘に近い山岳地帯では、冬は雪も降り積もります。

五〇年後、私はフカちゃんの眠る北山の山道を、夫をさそい尋ねました。

「ああ　中村先生」

と刻まれた小さな石碑を見つけました。

野菊の墓のような碑で、まわりには小菊やひめゆりの花が風に揺れていました。夫は碑の前で、深く深く祈っていました。その私の夫も、一〇年前に亡き人になりました。

※鎌倉文庫　一九四五年九月、久米正雄、川端康成らが中心となって興した出版社。吉屋信子らとともに婦人雑誌『婦人文庫』を刊行し、女流文学者会を支援した。今はもうない。

白い花

昭和二一年の古湯村はたびたびの豪雨で作物の成長が遅く、飢餓状態が進んでいました。私も時どき、目まいが起きるほど、おなかが空いていていました。これではいけない、生きていけない、純朴な古湯の人たちを残したままでも、自分の故郷に帰ろうと決心しました。三学期の終業を終えた日、私は細い山道を歩き出しました。

山道には雨に濡れた、白い花が咲いています。名前も知らない花は、私を誘うように赤く白く花房を揺らします。この花が、ねむの花かしら。

山の中ほどで一人の農夫に出会いました。

「顔色が悪い。若い娘さんがこれでは大変だ。腹が減っているだろう。この先の道端に小さな滝があって、そばに羊羹《ようかん》屋がある。羊羹一本くらい残っているだろう」

そう勧めてくれました。

店にたどり着くと一本の羊羹を切って、お茶まで出してくれました。年老いた婦人でした。私は短く礼を言って固い羊羹にかぶりついたのです。甘い味が口中に広がり、生き返ったようでした。

山の中で「生きなければ……」と必死だった私は、まるで夢の中にいるようでした。もしかしたら、あの、白いねむの花の精がいて、ここまで連れて来てくれたのではないか。きっと、そうだ。夢遊病者のようになりながらも力強い足取りになっていきました。

たどり着いた小さく粗末な単線駅舎に、白い煙をはきながら汽車が来ました。これに乗れば日本のどこにでも行けるのだろう。わが家に帰ろう。これからのことを考えよう。教員になって日は浅いが、しっかり生きていこう。リュックに入れてきた白い花びらがのぞいていました。白い花の名がスイカズラと知ったのは、何十年も経ってからのことでした。ねむの花はまぼろしの花。私の心に生き続ける心の花なのです。

綴り方への目覚め

古湯村の飢餓状態もおさまり、昭和二八年頃には、東京を中心に教員たちの交流が盛んになっていました。早稲田大学文学部を卒業した江口季好は児童詩の研究、取材、評論などの執筆活動をはじめていました。

全国各地との交流はすべて手紙が中心の時代でしたが、国分一太郎さんたちの北方綴り方の伝統もあり、新しい時代を拓く力強さに満ちていました。

私の手がかりは平凡社がはじめた『綴り方風土記」でした。教えていた子どもたちの作文を送ったのです。その担当が江口季好、のちの夫です。若い江口は原稿集めのアルバイトをしていたのです。

江口も私も同じ佐賀県人です。やがて、文学青年らしい手紙が届くようになります。私はそれまで、こんな手紙をもらったことがないので夢中で読みました。

手紙の交換

〈皐月から季好へ〉　昭和二八年秋

お手紙、ありがたく拝見しました。とりあえずお返事を差し上げます。

草深い田舎に住む無名の私を東京で見つけてくださったことが、なにか不思議にさえ感じます。うれしさでいっぱいです。

村の学校にもう何年も勤めていますが、かなわぬ夢を子どもたちにかけて過ごしている貧しい教師にすぎません。でも、作文だけは乏しい才をかたむけて、遅々として進まぬ道を一人で楽しみながら歩いて来ました。

おおせの通り、この地方には作文に熱心な方を存じません。作文は総合された芸術であることも理解していらっしゃらない方が多く、どうも形式的に終わっているようで残念に思います。一人でやっていることは寂しく頼りないことです。

子どもたちが作文によって生き生きと伸びてくれることがうれしく、あれこれ試していますが、なかなか思うように進みません。

お手紙をいただいた時、ちょうど本屋に用事があったので、風土記の既刊物を求めて読んだところです。こんなすばらしい重量感で豊かな情緒をうたった、子どもの作品を指導できるか不安です。参考までに、なるべく広範囲に、この地方の生活を取材した作品を一週間ほど後にお送りします。

実は私、あのひどい水害にあった時、学校もひどい被害になったので無理に働き体をこわしました。教育委員会から安静を求められ、休みになってしまいました。二年間。

そのため、この手紙も自宅の床で書いています。でも、体も回復してきて熱も下がりましたので、子どもたちを呼んでみようと思っています。好きな仕事をはじめたら病気も治りそうで、とても元気が出てきました。

また東松浦の名護屋村（漁村）に親しい作文の友がいます。その友にも作品を送るよう便りを出しました。それから、多久中学の校長先生が文学者ですので、こんな仕事にも惜しみなく協力してくださると思います。なにか私のような者でも役に立つことがあれば、お申しつけください。

久しぶりにペンを持つと手がふるえ、読みづらい文になってしまいました。東京は三八度をこえる暑さとか。ほんとうに厳しい残暑です。休みも少なくなり、ご上京も間近、どうぞ、お体をご大事になさいませ。

〈季好より皐月へ〉　昭和二九年三月一七日

お手紙と作文、ありがとうございました。回復の喜びは春の喜びと思います。しかし、四月からの復帰によって、きっとひたむきな先生の労働が、不安な事態を招くのではないかと案じています。快調の喜びとあなたの胸の内がよくわかります。

日教組（日本教職員組合）の歴史的な闘争（教育二法闘争）は、この数日で山場を迎えるのですが、実践をしみじみ考えることは静かな計画でなくてはならないと考えているのでしょうか。先日も作文の価値論が出て、芸術的なものと生活的なものの問題が会場を渦巻いていました。精神の貧困を見届けたような気がしました。「日本作文の会」と新日本文学会との関連討議も空しく感じました。私は西鶴の作品が無性に恋しいのです。人間に生まれた喜びはなにかと。

そう、柴田のお母さんから私にと、おひな様の日のおもちをもらいました。味をかみしめていただきました。順調です。柴田もうれしそうです。しかし、痛めつけられた彼の心は普通じゃありません。『夕鶴』を見せました。一年生も二年生も涙を流して見てくれました。劇がすむとハンカチをヒラヒラさせながら走りました。そして、高畑小学校分会でも抜けがけがはじまりました。抜けるとは組合をやめること。世にも悲しき民主主義です。自分から抜ければいい、まじめな指導部は馬鹿だよなといって笑うのです。

普通の時には見られない人間像です。見せつけられて、その意外さに唖然としました。同僚を信じていた人がふてくされた態度で、絶望しました。今まで急造的な分会であったのでしょう。ニヒリズムの手口を感じました。

昨日は校長とストライキについて、夜一〇時まで話しあいました。指令通りやると言った人は首切りを覚悟しています。

〈季好から皐月へ〉　昭和二九年四月

お手紙と作文ありがとうございました。

昨日は不思議なほどよく晴れた一日でした。観光バスで学校から高尾山まで相模湖を回って来ました。一昨日はひどい雨で、今日もまた雨になりました。

一昨日は、いくら叱ってもなだめても子どもがノートを開こうとしないのです。

「先生、もう雨やんでるよ」

「明日、遠足、行くんだよね」

「お母ちゃんが洋服を買ってくれたよ」

「先生の分までお寿司、持って行くからね」

赤や黄色のてるてる坊主の絵をかいて、教室のかもいに吊るしました。

「先生、雨、やんできたよ」、「たくさん、てるてる坊主を作るの手伝いました」と自慢げに書いた子たち。

朝、「きれいに澄んだ青空を迎えられてよかったね」、と僕は出発の時、みんなに話しました、てるてる坊主を教室から指さしながら。

こんなに楽しい日はありません。こんなにうれしい日を過ごしたこともありませんでした。女の車掌さんが、「いいクラスですね」と言うと、マイク係の柴田は、「いいですか。こんな感じのいいクラスなんだって」とおどけて見せました。

即興の詩の朗読、歌、物語、おそらく今まで、どんな子どもも持っていなかった、抒情性にみちた感覚の子どもたち。帰りのバスでも全員で詩を読み、「都の西北」をうたい、そして、こんな歌もうたいました。

b　てるてる坊主てる坊主　あした天気になーれ
一年生がねんねして　目がさめた時
今日のような天気にしておくれ

実は一年生の遠足が雨のため延期になってしまったのです。自分たちだけが楽しい遠足ができただけでなく、全校生徒を包むようなポエム・詩が一人ひとりに実ったのでしょう。僕も子どもたちの心の広がりに感心し、自分のクラスがこんなに美しく育ったのかと驚きました。

人間、子どもも愛と知と勇気、いろんなものが一度に成長しつつあると思いました。意識だけでなく、型通りでなく、人間であるという前提の教育が僕の仕事だと思いました。

日本にまだチョンマゲ時代の理念が残っている今日、新しい確実な前進となるでしょう。社会を構成する人間——愛と真理を探究する心がめばえ、クラスだけでなく学校中に広がっていくと思います。

生活綴り方によって育つもの、この確かなものによりそって職員室でも地域でも、不真面目な教師に見せつけてやりたい。正しい楽しい子どもたちの姿を見せてやりましょう。

マルクスという楽天家、歴史を信じている人たちの心を一列になって広げていかなければと思います。

あなたが送ってくれた、れんげ草の思いがけない姿にうれしさが胸いっぱいに痛むほどです。薄むらさきの花、小さなみどり色の花、花は故郷を思い出す人もいるし、人生の予想もしなかった思い出になる花、幸せな花を持つ人もいます。

ほんとうに、良き教師であるように努めているだけです。ほかに才はありません。英語もだめで、いま考えると中学五年生の時から早くなんとかしなければと思っていました。一人でドイツ語もやりはじめましたが放してしまい、第二仏語も授業に出ませんでした。

文学を語る素質もなさそうです。コツコツとプーシキンのロシア語でもひろいみて、やってみようかと思っています。昭和一八年、皇国の時代にマルキシズムの違いに悩みながらプーシキンを読んだのです。いまさら佐賀師範時代の悪口を言ってもバカバカしいのですが。

意気込みだけでは早稲田大学の若い世代にはついていけませんが、佐賀のれんげ草の花にくらべ若い時代を想うと恥ずかしいばかりです。

もう五月ですね。新しい心とともに、また若い花を見たいです。新しい発展の月、五月。日本の文学界、清らかなロマンティク、外国の真似ではなく、日本のリアリズムを築きあげていきたいと思います。

子どもたちがバスでうたった——、現世を忘れ、理想の境地に輝くきらめき。思わず唇をかみしめました。いつも元気で進みましょう。ご自愛ください。

〈皐月から季好へ〉 昭和二九年六月

いつか父兄への御便りの中に、まだ割算の出来ぬ子が四人ほどいますが、見てやれなくてと詫びていらしたことがいつまでも心に残っています。先生も、そんな子どもの現実と取り組んでいらしたのだということ、本当の教室でのお暮らしが思われました。

詩　教師の嘆き

皐月

割算の出来ぬ子が
まだ四人ほどと
詫びを書かれた君
四人　四人　四人…
六〇人が四人までせばめられ
サラサラと白墨は消えたのに
その想いは尽きない

誰が知ろう
語り　笑い　怒り　悔やむ
白墨の真実を
愛のよろこびの深い翳りを

愛する故に
白墨は
　よろこび
　かなしみ
　苦しみ
今日も流れていく
愛する故に

〈季好より皐月へ〉　昭和二九年七月

朝寝していますと、お便りをいただきました。純粋な気持にひたりきって二回も三回も読み直すのです。お体に変わりがないかと読むのです。私が書いたものは自己中心的なものばかりです。

暗い道に真実を求めつづけた人生の花、それは長い長い旅ですね。あなたの生きてきた過去に与えられた名誉だと、お喜びします。一年間、人間的な成長を僕に与えられました。ひたすらお読みくださった心の深さ、確かさがあったからだろうと思います。一〇〇％、いや、それ以上深い探究心があったと思います。「佐賀作文の会」の話も遠くからお祝い申し上げます。やがて文集一号が出るでしょう。僕も書きます、僕の生活綴り方を。

祖国は、燃えた悲しいまでの言葉が僕の涙をさそってやみません。僕のあこがれは涙とともにあこがれています。このあこがれをお受けくださるならば、どんな思いも期待いたします。

それと反対に、あなたからいろいろ贈り物をいただいて生活が楽しくすごせました。ただ、日記にだけは感謝の心を書きつづけていたことをお許しください。せめて美しい絵でもと考えたり、たとえどんな高価なものでも、みにくいものになってしまう、と思ったのです。

五年も前に下宿していた所でも、隣りの下宿人が病気をした時、花とお米を買って帰ったら、その男性は「こんな江口さんだとは思わなかった」と、うれしがってくれました。

島木健作は、お世話になった老人に絹の布団を贈りました。彼は運動のなか、結核で倒れました。僕は敬愛する島木のことを考えると胸が震えてきますが、あれは戦時中のこと、いまは平和な時代です。

あなたに白い絹のハンカチを贈ることは、すばらしい思いつきだと手をたたいて一人で喜んでいます。そして、もう一つ、ブドウの形をしたブローチもと考えました。ブドウは一つの集団をなしていても、一つ一つが同じように輝きます。『一房のぶどう』に出てくる女教師を思い出したのです。

※島木健作　一九〇三年～一九四五年。代表作に、長編小説『生活の探求』、短編小説『赤蛙』など。江口は、大学の卒業論文で島木健作論に取り組んだ。

綴り方大会への参加

第三回「日本作文の会」が、遠い東北の秋田小学校で八月に開催されることを知りました。江口からも強い参加の誘いがありました。実は前年から、結核のため学校を休んでいたのですが、ツベルクリン注射が成功し自由に動けていたのです。幸運な私でした。九州から秋田県に向かうことは、一九四〇年代では外国へ行くような心の高ぶりを覚えたものです。出発まで数日というある日、私は江口からこんな詩と手紙をもらいました。

祈り

江口　季好

窓に立ち
手をあげ

ふるさとの君を想う
白き雲よ
白き雲よ

鶴のような
鳩のような
君の美しい旅に
吾が祈りの甲斐あれ

昼から秋田大会の発表要項を持って事務局に行きました。どうも、都市の作文教育についてもすっきりした理論を出す人がいません。また、各国の教育を論じてくれる人がいません。

「『日本の作文の会』は理論的に実に貧弱ですね。もっと、どっしりと構えて理論を打ち立てなくては建設的な批判が出ないですね」と言うと、「では、夏休みに君が書いてほしい」と言われました。

西洋教育のヘルバルト、ルソーといった偉大な諸氏のものをお持ちでしょうか。理論的に生きた教育学と理論に通じる教育学と、はっきり理論づけたいと思います。夏休みに書きあげたいです。

去年の夏、こんな、くだらない本はいらないと佐賀市まで行って売ってしまいました。二六〇〇円ほどでしたが、カゴいっぱい自転車に載せて行ったのです。

今年の夏は新しい目で今までの教育を見直したいと思います。いろいろな先生に習った師範学校時代にくらべて、生活綴り方には教育の本質論があると同時に、方法論であり実践論です。僕は足かけ一年、あなたのお見舞いに行けなかったことがくやまれます。

「日本作文の会」が秋田市であることは新聞で知らせてありました。僕は石井皐月さんが休職の身であるが、公式の許可もないのにぜひ出席したいと申し込んでいるのに驚きました。

秋田への旅
――皐月から季好へ

九州から来たことを喜び、いたわり、私の肩をなでながら女の先生は水を汲んでくださりました。防雪林の中を走る夜汽車では作文の話で持ちきり。四国から来た先生は「クラスの子どもは家に畳が敷いてないほど貧しいのに、親は図書の本をそろえるのに熱心」と、教師の悩みと喜びを語っていました。作文というより教育全体の話し合いになりました。

佐賀県から四名、夜の交流会「九州の集い」では、吉田瑞穂先生が「佐賀も見直さなければ」と反省されていました。私は、「きっと立派に立ち直りますよ」と叫びたいくらいでした。

床にはいり、地味ながらコツコツと「作文の会」をやっている同僚を一人ひとり考えてみました。

評論家の鶴見和子さんが作文教育について、「大人にもほんとうの哲人は少ない。自分の思想と自分自身を生きる人はいない。長屋のおかみさんが自分の値打ちを知り自分の立場からものを言うように、自分の考えで語り、書く生活をしたい」と言いました。このように心から語り合う夜の交流会でした。

美しく腫れあがった空
さわやかな初秋の風を感じ
佐賀にサークルが生まれるようにと
私は心から思います
一人でも多くの先生が
子どもたちの幸福のために
すぐれた力を傾けてくださることが
このうえない願いです

石川啄木をたどる

秋田大会は予想通り盛会でした。江口は役目をすませて安堵し、これから少し奥地にある石川啄木の足跡をたどってみよう、と私を誘ってくれました。

まったく草深い、道なき道を行くような草原でした。しかし、江口は爽やかでうれしそうにしゃべりながら歩いています。野菊、姫百合が咲き乱れ、こおろぎやバッタが飛ぶような道を私を連れて行きました。内心、私は啄木についてたいした知識もないことを恥じていました。

とうとう歌人、石川啄木が学び教えた小学校に着きました。木造の家、窓もガラス戸もない吹きさらしの家、明治・大正時代の家そのままです。昔の小学校の机やイスをなでてみました。ささくれた木の端に手が痛い。渋民《しぶたみ》の人は飾らず、そのまま家や家具を残していました。啄木が語り、笑い、歌った教室を、当時のまま見ることができた私たちは幸せです。

やがて、私たちは下の公園風な広場におりました。ああ、あの石造りの歌碑があります。

やはらかに柳あおめる北上の
岸べ目に見ゆ　泣けとごとくに

せせらぎの音が聞こえます。天才、啄木の歌に気持が高ぶり声も出ません。

私たちは足をのばし草むらに寝てしまいました。「泣けとごとくに」の想いがわかる気がして、泣きたくなりました。

もう、夕暮れです。私は素直な気持ちで言いました。

「私はあなたについていきたい」

小さな声でした。

ロマンがなければ結婚はしない、が私の持論でしたが、これ以上のロマンがあるでしょうか。私の願いは……。八月終りの月のない星空、空には銀河が見えはじめ、はくちょう座も光っていたと思います。

　無理をして秋田まで来てよかった。近くの森はもう黒々と茂り、足元はおぼつきません。しかし、心がたしかに定まりますと、しっかり歩けるようになりました。

　奥羽本線の最終列車にやっとのこと乗り込み、東京に向かいました。こうして、私たちは、とくに私は長い独身生活を終えるのでした。


　昭和二九年八月の終わりに江口季好と石井皐月は正式に結婚しました。仲人は「日本作文の会」会長の今井誉次郎氏です。しかし、私の退職の処理が間に合いません。

　八月の終わり、江口は東京の小学校に、私は上京の身支度をはじめました。

上京する日

〈皐月から季好へ〉　昭和二九年九月

　昨日、やっと辞任式、夜は送別会で夜まで引っ張りまわされました。今日は部落の人たちにあいさつで疲れました。

八年間の公務員生活から解放されて、うつらうつら寝てしまいました。私はもう教師ではありません。背の高い校長は目をしばたきながら、私に「あなたは手離したくなかったよ」と言った時、私は思わず涙が出ました。

　この日、私は青地の中振袖、サージのはかま姿でした。職員室で誰かが「愛情はかくのごとくうるわし」と言い、私は心の整理に困りました。男の人たちも泣いてくれました。心のスイッチが止められず、とめどなく涙が流れました。青年部の人たちが雲仙旅行に行こうと言い出し、断るのに困りました。今までこんな心の交流があったのかと思い、素直に別れを悲しもうと思いました。

子どもたちは、「まだ石井先生とはさよならしないよ。おれも別れんけんね」などと口々に言っています。私は辞任式で下手な詩を贈りました。

廊下に出れば長袖を引っ張り身動きできないくらいです。辞令はまだ出ていなかったのですが、公式に退職が決定していました。この手紙が届く頃、東京に電報を打ちます。

「今、私に対してみんな、とても立派なご主人をみつけてよかったね。うれしい」とうれしがってくれたり、うらやましがられたり大変です。

私にはまぶしいほどの季好さんです。みんなが言う通りです。私には学が足りなくて夢だけがあるのです。


今、教師生活を終えたことで、寂しいよりもホッと胸をなでおろした気持になっています。何もしたくないのです。無性にあなたが恋しくなりました。結婚式の写真ができたので、ずーっとながめています。あなたはとてもきれいに写っていらっしゃるのに、私は実に貧しくあわれなほどに見えます。

東京駅で初めて会った時、心臓が止まりそうになりました。あなたの瞳が実に美しく輝いていたことを思い出します。

花嫁の私はさえません。ずっと、あなたが優しい方のように思われて、私はとても強情な時があり、考えると恥ずかしいです。

戸籍謄本とか、まだ入籍ができていないので上京の時、持って行きます。他の用はだいたいすみました。二七日――二八日、上京します。汽車は、雲仙西海号です。小さい弟、宏明が毎日、「姉ちゃん、いつ行くの？　一分一秒でも遅くしてね」と言って、私を困らせます。

安子お姉さまのお墓にも参りました。

では、ほんとうにお会いできるまで――。

〈季好から皐月へ〉

世にも稀なる
美しい結婚をした上で
うれしさよりも
君と呼ぶ情のつよく
吾が側に
急ぎ来たれとのみ

ふるさと　さよなら
新しい道途を勇気を
ふるって出てきてください
僕はあなたを初めて見た時
僕の姉によく似た
素朴な人でよかったと思いました

1枚のハガキ――おわりに

私は1枚のハガキを頼りに江口季好の存在を知り、その後を追ってきました。二〇代の若者だったので、できたことかもしれません。しかし、二七歳の若き青年教師だった江口は、世にもまれなほど純粋な人で、私の手紙をすべて、ていねいに読んでくれました。そして、自分の考え、理想の願いをつづる書きつづり、私に示してくれました。手紙をひと言も残さず読みふけることが私の毎日でした。高女出身の私、つたない知にもほんとうに頭の下がる幸運の日々でした。このような交流がいつしか愛の交流に変わっていくことを、あの草深い地で神様が許してくださったとしか思えません。

昭和二〇年代は、伸びようとする若者にほんとうにいい時代だったと思います。

私はかねてより東銀座出版社編集長に、「学級だより」のような、ささやかな文集を考えていただきたいと相談してきました。文章は素人です。恥ずかしいけれど、私の半生をお読みいただければと思います。

二〇二二年一二月

略歴

江口《えぐち》 皐月《さつき》

1924（大正 13）年 5 月 20 日　長崎県佐世保市生まれ。佐賀県多久市で育つ

1942（昭和 17）年 3 月　佐賀県立小城高等女学校卒業

1945（昭和 20）年 4 月　佐賀県小城郡古湯国民学校助教となる

1947（昭和 22）年 4 月　佐賀県小城郡多久町南多久小学校に転任

1954（昭和 29）年 8 月　江口季好と結婚し上京

1956（昭和 31）年 2 月　長女・百合子が生まれる

1958（昭和 33）年 9 月　次女・晶子が生まれる

港区立白金小学校ほかで産休代替教員

大田母親連絡会事務局長、大田子どもを守る会会長などを務める

『ねむの花』

2023 年 1 月 15 日　第 1 刷発行 ©

著者　江口 皐月

発行　東銀座出版社

〒 171-0014　東京都豊島区池袋 3-51-5-B101

TEL：03-6256-8918　FAX：03-6256-8919

https://www.higasiginza.jp

印刷　創栄図書印刷株式会社